快速 学食雕

人物造型

主编 张卫新

上海科学技术文献出版社

图书在版编目（ＣＩＰ）数据

快速学食雕.人物造型／张卫新主编.—上海：上海科
学技术文献出版社，2010.1
ISBN 978-7-5439-4032-1

Ⅰ.快… Ⅱ.张… Ⅲ.食品－装饰雕塑 Ⅳ.TS972.114

中国版本图书馆 CIP 数据核字（2009）第 123535 号

策划编辑：百　辛
责任编辑：陈宁宁
封面设计：夏　清

快速学食雕
人物造型

张卫新　主编

上海科学技术文献出版社出版发行
（上海市长乐路 746 号　邮政编码 200040）
全国新华书店经销
上海精英彩色印务有限公司印刷

开本 787×1092　1/16　印张 4.5
2010 年 1 月第 1 版　2010 年 1 月第 1 次印刷
ISBN 978-7-5439-4032-1
定价：25.00 元
http://www.sstlp.com

主　编：张卫新

特邀顾问：

张小健（劳动和社会保障部副部长）

姜　习（世界中国烹饪联合会会长、中国烹饪协会名誉会长）

张世尧（中国烹饪协会会长）

于法鸣（劳动和社会保障部培训就业司司长）

王家根（世界中国烹饪联合会秘书长）

臧春祥（劳动和社会保障部服务局培训学校校长）

侯玉瑞（劳动和社会保障部教培中心技能培训处处长）

李京平（商务部商业改革发展司服务发展处）

阎　宇（中国烹饪协会副会长）

张文彦（中国美食药膳杂志社社长）

张　军（中国饭店协会会长助理）

张桐林（北京工贸技师学院副院长）

罗远琪（北京烹饪协会秘书长）

技术指导：

王文桥　　王义均　　王仁兴　　马　静　　冯志伟　　李玉芬　　李瑞芬

杜广贝　　周　锦　　崔玉芬　　刘宗新　　刘国云　　吴小雨　　吴敬华

郭文彬　　张文海　　张志广　　张铁元　　张　蓉　　胡传军　　董玉昆

潘洪亮　　曹广全　　曹凤英　　王步洲

食品雕刻：北京紫禁城皇宫美食（食品雕刻）设计制作工作室

主任：张卫新

委员：卢　岩　朱　珊　杨　深　杨严科　于庆祥

图片摄影：张卫新

插图绘制：张卫新

研習食雕技藝

弘揚中華美食

二〇〇年二月

姜習

姜习　世界中国烹饪联合会会长、中国烹饪协会名誉会长

食品雕刻藝術

中華烹飪瑰寶

張世尧

二〇〇年二月

张世尧　中国烹饪协会会长

序

食品雕刻是以蔬菜瓜果等硬性原料和面、糖、黄油等软性食品原料为对象，借助食品刻刀、面塑刀、油塑刀、冰雕刀等雕刻工具，运用切、削、旋、挖、镂等雕刻和揉、搓、贴、压、捏等塑造技法，对食品原料自身进行一定艺术造型的一种烹饪活动。它把烹饪和艺术有机地结合起来，使烹饪作品在具有食用性的同时，又具有艺术观赏性，是我国雕塑艺苑的一朵奇葩。

《快速学食雕》丛书——《花卉造型》、《禽鸟造型》、《哺乳动物造型》、《人物造型》、《龙凤造型》、《面塑造型》出版了，这是我单位青年烹饪教师张卫新同志继《中国宴会食品雕刻》一书后的又一力作。多年来他刻苦钻研、积极进取、不断创新，在中式烹饪尤其是食品雕刻领域取得了可喜的成就，在全国及省市级比赛中多次获奖，出版了多本烹饪书籍，其作品被多家报刊杂志发表，并接受中央电视台专访。授课之余还常被邀请到长城饭店、北京全聚德烤鸭店等多家宾馆饭店设计制作大型宴会展台，获得一致好评。

《快速学食雕》丛书主要具有以下特点：

一、意识超前、思想领先。丛书体现了作者对食品雕刻的新认知、新感触，相信它会把读者领入食品雕刻艺术的新境界。作者对烹饪、民俗、工艺美术、食品原料、历史地理、建筑设计等方面的知识进行了不懈地钻研和探索，并不断地开拓和创新，其刀法精炼、技法娴熟，雕刻作品构思巧妙、造型生动、富有灵气和创意，常有与众不同处。

二、形式新颖，内容详尽。丛书在内容和形式上独具匠心，另辟蹊径，它将花卉、禽鸟、人物、哺乳动物、龙凤、面塑等众多题材分列开来，独自成册，进行了较为详尽的阐述。作者不辞辛苦，历时五年，用料三万余斤，亲自雕刻并拍摄近千件食雕作品，对主要作品的制作过程还做了图示讲解，直观形象，简便易学。另外，丛书对食雕原有题材进行了大胆创新，融进并增加了大量极富时代气息的新题材，如纤夫的爱、喜迎奥运、世界杯畅想、相聚 2008 等。

三、技法独特、造型巧妙。书中除了讲述戳刀法、旋刀法、直刀法、揉搓法、挤压法等常规刀法外，还着重讲述了划刻法、镂雕法、抖刀法、包裹法、填充法等新技法，这些技法简单易学、实用性强、便于操作，能使读者更快更好地掌握和运用食品雕刻技艺。书中既有按刀具技法的雕刻作品，又有依原料自身形态雕刻的作品，做到了零雕整装、立体整雕的灵活运用，造型极富变化，并对采用不同原料和技术而出现的不同雕刻效果进行了比较说明。

在此，我愿向广大读者推荐《快速学食雕》丛书，希望它能成为读者的良师益友，同时也希望能在更多的烹饪培训院校中得到推广应用。

劳动和社会保障部培训就业司司长

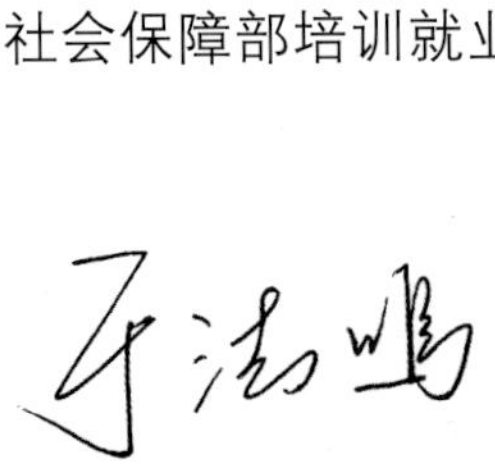

目 录

如图所示：1、2、3、为大、中、小三种直刀，其1为大号直刀，又称西餐分刀，主要用于对原料的切削和打圆；2为中号直刀，又称制坯刀，主要用于原料大坯的切削制作；3为小号直刀，因其用途广泛，刀不离手，所以又称为手刀，可用于切、削、划、刻、旋、剔、镂等各种技法。

4、5、6为大、中、小号U形戳刀，主要用于戳刀法，用于对花卉、禽鸟羽毛及假山石的雕刻。

7、8、9为大、中、小号三角戳刀，主要用法与U形戳刀类似。

10、11、12为大、中、小号V形木刻刀，主要用于戳刀法，用于雕刻龙爪菊、旋风菊等各种菊花、禽鸟颈羽、尾上覆羽、人物须发、服饰等。

13为挑线刀，主要用于挑拉技法，用于瓜灯（盅）各种环、扣、线的挑拉。

14为圆规，主要用于绘制瓜灯（盅）图案。

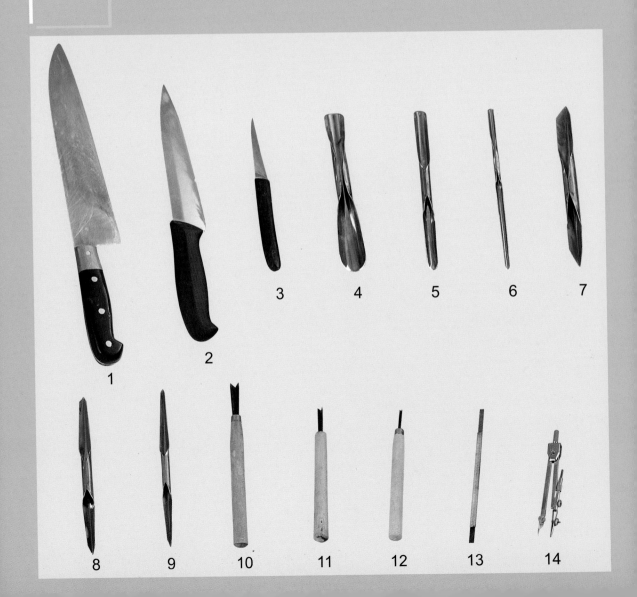

第一章 人物雕刻基础知识

食雕人物造型主要是以我国古代传说中的那些喜闻乐见、为人熟知的神仙罗汉、文人学士、帝王将相、老人童子和传统仕女等人物为雕刻对象，根据创作内容选用适当的食品原料，运用相应刀法技法进行雕刻，雕刻时应融进创作者的思想理念。对于广大热衷食雕人物创作的厨师来说，除了应具备相应的烹饪常识外，还必须了解和掌握我国历史文化、生活习俗、宗教信仰、传统美学等知识，这样才能创作出形神兼备、富有创意、备受欢迎的食雕作品。

第一节　人体的造型特征

一、头部的基本知识

　　1.头部的基本形状

　　头部的基本形状是个略扁的立方体，从正面和顶面看呈长方形，从侧面看为正方形。头部共有三种运动方式：①以两耳连线为圆心轴做上下旋转；②以颈椎为圆心轴作水平旋转运动；③头部的左右摆动。

　　2.面部的比例

　　了解和掌握头部（如下图所示）造型和特征对于人物的雕刻是至关重要的，我国传统美学常以"三停五眼"做为衡量正常人头部的标尺。"三停"是指面的长度和三个鼻子长度大致相当，即由发际到眉、由眉到鼻底、由鼻底到下颏三部分距离基本相等。"五眼"是指面的宽度和五只眼的宽度大致相当，即两眼间的距离、眼角到耳孔之间的距离大约等于一只眼的宽度。

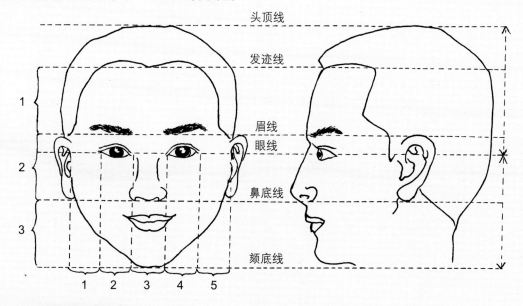

二、五官的结构特征

　　1.眼睛

　　眼睛是人体最传神的部位，也是进行食雕人物造型创作的重点和难点，它由上眼睑、下眼睑、瞳孔、虹膜、巩膜、内眼角、外眼角、泪窝等部位构成，是人体一个半暴露的内部器官（暴露的部分眼球由上眼睑和下眼睑覆盖）。眼的外形为不规则的杏仁状，这是因为上眼睑面积和弧度较大，上眼睑圆弧上的最高点位于距内眼角1/3处，下眼睑面积和弧度较小，下眼睑圆弧的最低点位于距外眼1/3处。另外，还须注意眼睛瞳孔的位置，一般悬浮于上眼睑，距下眼睑稍远。雕刻人眼时要注意各类人群的不同之处：小孩眼圆、仕女眼长、武将眼突、神仙眼祥、老人和罗汉眼角鱼尾纹细小而明显。

2.鼻

鼻子由鼻翼、鼻尖球面、中隔、鼻孔及鼻梁组成，鼻的外形是一个呈锐三角形的楔形块面，眉弓下面的鼻根狭窄且向内凹陷，脸部中央的鼻底宽阔而挺拔。鼻子的长度是整个脸长的1/3，鼻底两鼻翼间的宽度约为一眼宽。雕刻鼻子时应注意人在喜、怒、哀、乐不同面部表情时鼻尾纹长短和鼻唇沟深浅的不同变化以及老人、小孩、仕女、武将等不同人群鼻尖、鼻翼、鼻梁的区别。

3.口

口是面部表情最为重要的部位，它由上嘴唇、下嘴唇、口裂线、人中、嘴角组成。口上下所占位置约为下停的3/5，左右宽略小于两个瞳孔间的距离，上唇的弧形轮廓线长而弯曲，类似一个拉长的英文字母M状，下唇弧形轮廓线短而直，类似一个扁平拉长的英文字母W状。雕刻口时要注意年龄的影响，一般来说，儿童嘴形圆润，唇厚突出，成人嘴形扁长，唇较饱满，老人嘴形扁平，唇薄干瘪。

4.耳

耳是人体五官中变化最小的部位，它由外耳轮、内耳轮、耳屏、对耳屏、耳甲腔和耳垂构成。耳的外形酷似问号，耳对称生于头部两侧（稍稍向后倾斜15°），其长度正好是眉弓与鼻底之间的距离，外耳轮最大宽度约为耳长的1/2。雕刻神仙和罗汉时耳轮宜宽大些（比如弥勒、寿星的耳要垂至肩部），耳垂肉厚。

5.食品雕刻人物头部常用造型图（如下图所示）

关公　　　　　　　武将　　　　　　　皇帝

孔子　　　　　　李白　　　　　　寿星

童子　　　　　　弥勒　　　　　　仕女

三、手的结构特征

1.手的结构（如下图所示）

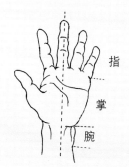

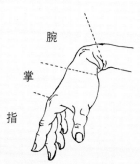

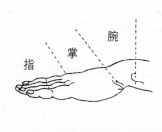

　　手对于体现人的面部表情和形体姿态起着辅助衬托的作用，手的结构包括腕、掌、指三部分，手的外形特征是指如锥、掌如扇、腕扁平。俗话说"一手能遮半张脸"，这足以说明手的大小和脸的比例关系。

2.手的雕刻要点

　　雕刻手时应该先根据手在做各种运动时手姿和榫节的关系，确立腕、掌、指三部分的块面，再按由方到圆的原则削切出基本大形，最后再分手指、刻指甲、划手纹。

3.食品雕刻中手的常用姿态（如下图所示）

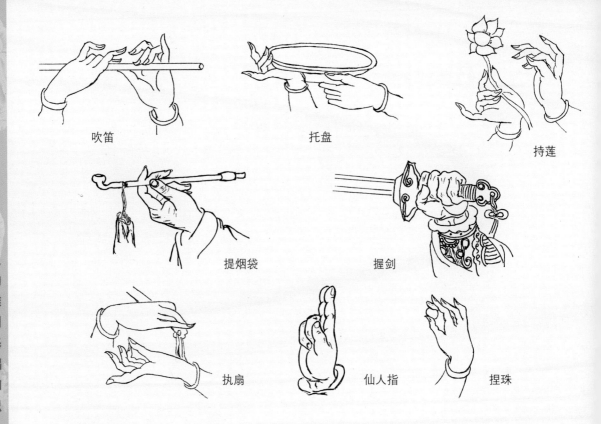

吹笛　　　　　　　托盘　　　　　　　持莲

提烟袋　　　　　　握剑

执扇　　　　　　仙人指　　　　　捏珠

四、人物的表情

人们常用喜、怒、哀、乐来形容人心态和情绪的变化，由于食品雕刻主要作用是对菜点进行衬托和修饰，提升其品味，愉悦就餐者心情，增进饮食欲望，激励其消费。所以食雕人物表情主要应用喜和乐两种，但有时为了突出罗汉、武将的威猛和勇敢，怒的表情在食雕创作中也时有应用。

喜和乐虽然都是人在高兴时的表现，但也有所差别：喜强调的是形神（肢体动作和面部表情）兼备，乐强调的是神态（内心活动和面部表情），喜和乐在面部的动作表情就是以各类笑来表现。

雕刻笑的面部表情应掌握以下特征：

微笑，嘴不张或略张，嘴角稍上翘，颧骨部位肌肉略凸起，下眼睑中部向上拉长，外眼角向下、向外拉长，两眼成弯曲状，鼻唇沟浅而较直。

大笑，嘴大张，嘴角上翘明显，颧骨部位肌肉凸起，两眼成一条缝，鼻唇沟深且成弧形。

雕刻怒的表情时应掌握以下特征：

眉头紧皱，眉梢竖起，鼻孔张开，眼圆睁，牙紧咬，咬肌突起，口裂线向斜下方拉长。

五、人的形体比例

衡量和判断一件艺术雕刻作品成功与否，应首先看其形体特征和形体比例是否正确合理，食雕人物造型一般以头为标尺进行判断。通常情况下，成年男子形体在直立时的比例是：手长为头长的2/3，脚长、腰宽为一个头长，肩宽、大腿、小腿长为两个头长，上身（臂至臀部）、下身（臀下至脚底）、臂长为三个头长，腿长（髋至脚底）为四个头长。形体运动比例是：站立时为七个头部，坐在与膝同高的椅子上时为五个头高，盘腿席地而坐时为三个半头高，一般将其归纳为"立七坐五盘三半"。但并非是所有人形体的比例都适用于此法则，实际雕刻过程中应该根据性别、年龄、身份、时代和艺术创作的需求灵活运用。如寿星、小孩体长约为三至五个头高，老人约为六个头高，成年男子约为七个半头高，仕女约为八个头高。

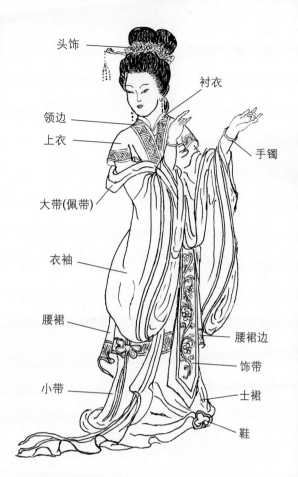

图中标注：头饰、衬衣、领边、上衣、手镯、大带(佩带)、衣袖、腰裙、腰裙边、饰带、小带、士裙、鞋

六、服饰类别

食雕人物造型中常用的服饰有布衣服饰、文官服饰、武将服饰、神仙服饰、仕女服饰及少数民族服饰等多种，雕刻中要注意每类人物的服饰受不同历史时期（朝代）、不同地域、不同民族的影响。

第二节　人物的雕刻

一、适用于人物雕刻的食品原料

长形实心粗南瓜，色泽、质感俱佳，为首选用料，亦可选用芋头、胡萝卜等作为代用品。

二、人物雕刻常用刀具刀法

1. 分刀，常用切、削刀法，用于对原料加工成大坯时的切块和分面。
2. 直刀，要尖而利，常用划、剔、削等刀法，用于对大坯原料的细工雕刻。
3. U形戳刀，常用戳刀法，用于人物服饰中对主体衣纹的雕刻。
4. V形木刻刀，常用戳刀法，用于对辅助衣纹和须发的雕刻。

三、人物雕刻的步骤

确定主题→设计造型→选择原料→初坯制作→细工雕刻→精细修饰→组合应用

确定主题是指依据寿宴、福禄宴等不同主题宴会和菜点需求确定雕刻对象，如寿星、福星、禄星等，再对其动态、神态进行设计。依原料形状或人物造型需求选用整雕法或零雕整装法进行初坯制作，初坯制作时要先对头部动态、位置、大小作切块和分面，然后以头部为基准对人物的身高比例、形体特征、动作造型进行确定。细工雕刻是指对头部五官、肢体动作（包括手、脚、肩、肘、膝、腹、胸、腰等）及衣服主体纹理进行反复认真的雕刻，精细修饰是指对手指、脚趾、面部表情、肌肉骨骼、胡须头发、服饰图案等细微部分的深加工，最后根据宴会和菜点需求组合应用即可。

四、人物雕刻的要点

1.人物形体和神情的雕琢是人物雕刻的重点，读者可以参阅以下人物雕刻口诀进行人物造型的雕刻创作。

人体比例头为尺，站七坐五盘三半；

三停五眼把头看，喜怒哀乐表情现；

眼角下弯嘴上翘，笑口常开乐其间；

气怒狠者眼拱张，霸气必然脸上见；

嘴角下弯眉紧锁，愁苦之情定出现；

心神畅然手拈须，春风得意不会变。

继续雕刻是哪般，肩肘腰膝是关键；

袖内上臂贴肋骨，肚脐正好齐肘弯；

一手能遮半边脸，三个头当两肩宽；

腹部位置在腰下，至膝两个头相间；

基本常识要记全，最后别忘把眼添；

若想技艺不一般，勤学苦练当在先。

2.人体动态有立、卧、行、坐、跑、跳、舞等多种，雕刻时应该以头和上肢（手）运动曲线为主要轮廓线，以身体和足部运动曲线为次要轮廓线，以衣纹和风带走势为辅助轮廓线。

3.雕刻人物面部（专业术语称为开脸）时应注意的问题：

①开脸时应从面部最高部位鼻子开始，将其切削成圆锥体大坯后再细工雕刻。

②待脸部、须发、头饰、帽子雕刻完成后再削去脑后多余废料。

③对于脖子的雕刻，开始时应做得短些，待整体雕完后再对其加长，以防脖子过长比例失调。

4、人体衣纹的雕刻要从人体运动、衣服材质、外力（风）作用等多方面综合考虑，根据人物形象和历史背景的差异进行设计，运用戳、划、刻、剔、旋、挖等刀法雕刻出整体一致、前后连贯、首尾呼应、富有节奏、极具韵律感的衣纹。

五、食雕人物作品的应用

1.食雕的寿星、财神、麻姑、孔子、嫦娥、八仙等艺术造型通常和花鸟走兽组合成雕刻看盘，用于以生日祝寿、开业庆典、友人聚会、喜庆结婚等为主题的宴会中。

2.食雕人物造型还可以用于对单一菜点的点缀和修饰，此类作品不要过大，以免喧宾夺主，一般以占整个盘子的 3/5 至 4/5 为易。

第二章　人物造型制作图解

第一节　神仙、罗汉的制作

　　食雕神仙、罗汉造型主要选取那些为人熟知、受人喜爱、象征美好、催人奋进的人物为雕刻创作题材，比如象征爱情和婚姻美满幸福的和合二仙、月下老人、月光娘娘、牛郎织女、送子观音、送子弥勒、送子张仙等；象征生活幸福、官职俸禄的福星、禄星、魁星、文曲星等；象征长寿安康的寿星、彭祖、东方朔、王母、麻姑等；象征财运旺盛的文财神比干、武财神赵公民、关公、利市仙官刘海等；象征正义勇敢的八仙、十八罗汉、济公、女娲、后羿、盘古、钟馗、孙悟空、四大天王等，其中以福、禄、寿三星应用最为广泛。

翘盼福音

原料：实心南瓜
类型：整雕
刀具：直刀、V形木刻刀
刀法：切、削、划、刻、
　　　旋、剔、镂等
步骤：（如图）

1.切取长形实心南
瓜备用。

2.削切出福星及童子
头部大坯。

3.细工雕出福星头
部造型。

4.削切出肢体
及服饰大坯。

5.细工雕刻出
童子造型。

6.细刻出福星身体、手及
服饰衣纹，并对其进行精
细修饰，另刻一童子与其
组合即可。

活学活用

1.福星又称木星或岁星，所在有福，被称为福神，意即掌管幸福之神。

2.福星常见造型有送子张仙和天官赐福两种，送子张仙为布衣老叟，常怀抱子孙，神情怡然；天官赐福为史部天官模样，身着红色袍服和龙绣玉带，手执如意，足蹬朝靴，怀抱子孙，五绺长髯，慈眉悦目，雍容华贵。

3.福星寓意多子多福、清闲是福、富贵多子，也指福星高照、子孙众多、家运绵长。福星造型可应用多种主题宴会。

招财进宝

原料：实心南瓜
类型：整雕
刀具：直刀、V形木刻刀
刀法：切、削、划、刻、
　　　旋、剔、镂等
步骤：（如图）

1.切取长形实心
南瓜备用。

2.将原料切块分面，修
出禄星身体轮廓。

3.细工雕刻出禄星
头部造型。

4.刻出双手及元宝，再
对服饰衣纹及胡须进行
精细雕刻即可。

活学活用

1.据史书记载，禄星是文昌宫中的第六颗星，专掌司禄。

2.禄星一般为一品文官模样，常常左手托元宝，右手抱童子或握如意。

3.禄星是官职和俸禄的象征，在古时深受为官或商贾之人敬俸，寓意着加官进禄、禄星高照、升官发财、万事如意。食雕禄星造型常用于以商务洽谈、开业庆典或祝贺官职升迁为主题的宴会。

青光才寿

原料：实心南瓜
类型：整雕
刀具：分刀、直刀、V形
木刻刀
刀法：切、削、刻、划、戳
等
步骤：（如图）

1.用分刀取较粗的
实心南瓜备用。

2.将原料进行切块分
面，制出寿星初坯。

3.用直刀细工雕刻出
面部表情及寿桃。

4.刻出龙头拐仗和左手
修出身体及服装大形后用
V形木刻刀细戳出衣服纹
理即可。

活学活用

1.在我国古代，寿星常指十八星宿中的南极老人星，所以又被称为南极老人或南极仙翁。除寿
星外，代表长寿的寿神还有王母娘娘、麻姑、彭祖等。

2.寿星造型特征是体形矮小（三至五个头高），弯背弓腰，一手持拐仗，一手托仙桃，脑门硕
大、高大隆起，慈眉悦目，喜笑颜开，白须飘逸、长过腰际。

3.食品雕刻中寿星常和代表长寿吉祥的寿山、松树、仙鹤、鹿、龟等组合成作品，主要应用于
生日、祝寿宴。

托宝弥勒

原料：实心南瓜
类型：零雕整装
刀具：分刀、直刀、V形木刻刀、
　　　U形戳刀
刀法：切、削、划、刻、戳等
步骤：（如图）

1.用分刀切取实
心南瓜备用。

2.用直刀切出头
部及元宝大坯。

3.细工雕出头
部及元宝。

4.刻出
双手。

5.划刻出肚
子大形。

6.用V形木刻刀和
U形戳刀戳出衣
纹，另刻狮子与弥
勒组合即可。

舌学活用

1.弥勒是中国佛教中的菩萨，有笑佛、大肚弥勒之称。

2.雕刻时要注意弥勒袒胸露腹，肚大凸圆，头如光丘，双耳垂肩，笑口常开，手捏佛珠的形体特征。

3.弥勒造型主要以五子弥勒（送子弥勒）、送宝弥勒等组合居多，常用于以婚庆、生日、开业庆典为主题的宴会。

第二节　帝王、将相的制作

食雕帝王、将相造型主要以那些功绩卓著、声名显赫、有胆有识、具有一定历史意义的帝王将相为雕刻创作对象,如帝王中象征中华民族先祖的炎黄二帝、统一中国的秦始皇、太平盛世的唐太宗、卧薪尝胆的越王勾践、桃园三结义的刘备等。将相有廉颇与蔺相如、神机妙算的诸葛亮、打虎英雄武松、倒拔垂柳的鲁智深、精忠报国的岳飞、秉公无私的包公、收复台湾的郑成功、正气浩然的关羽、机警砸缸救人的司马光等,其中尤以炎帝、黄帝、诸葛亮、武松、岳飞等人物造型应用最为广泛。

原料：实心南瓜
类型：零雕整装
刀具：分刀、直刀、V形木刻刀
刀法：切、划、刻、戳等
步骤：（如图）

1.用分刀切取长形实心南瓜备用。

2.用直刀削切出头冠大形。

3.细工雕出鼻、眼、嘴等部位。

4.削切出肢体及长袍大坯,用V形木刻刀戳出衣纹,另刻佩剑组合即可。

活学活用

秦始皇,即嬴政,战国时秦国国君,公元前221年统一六国,建立了中国第一个中央集权的封建国家,对我国经济文化的发展和各民族的融合起到了积极的推动作用。

皇之尊者

13

第三节　　老人、童子的雕刻

　　食雕老人、童子造型主要是以渔翁、愚公、农夫、圣诞老人、善财童子、哪咤、金童玉女等人物为主要雕刻对象。

鱼翁得利

原料：实心南瓜
类型：零雕整装
刀具：分刀、直刀、V形戳刀
刀法：切、削、划、刻、戳等
步骤：（如图）

1.用分刀切取长形实心南瓜备用。

2.用直刀切削出头部大形。

3.细工刻出耳、眼、嘴、须、发部位。

4.雕出肢体动态和服饰大形。

5.用直刀雕出衣纹。

6.用V形木刻刀戳出山石及小草；另刻斗笠、鲤鱼、螃蟹、鱼篓等与渔翁组合。

活学活用

　　食品雕刻渔翁所垂钓之鱼一般为鲤鱼，这是因为鲤鱼之鲤与利益之利谐音，而取其意；另外鲤鱼为吉祥之物，获得者预兆吉祥，寓意进财获利。渔翁得利、渔翁垂钓等雕刻作品除了可以在福禄宴中作为食雕看盘应用外，还可对糖醋黄河鲤、松鼠桂鱼、清蒸桂鱼、翡翠鱼卷等菜肴进行点缀和装饰。

快乐之旅

原料：实心南瓜
类型：零雕整装
刀具：分刀、直刀
刀法：切、刻等
步骤：（如图）

1.用分刀切取
实心南瓜备用。

2.用直刀刻出帽子，
上肢大坯。

3.细工雕刻脸部和胡须。

4.刻出棉衣、棉靴和手套。

5.对整体精细修饰，另刻鹿、
雪橇组合即可。

活学活用

　　圣诞老人具有身材矮小（约为三个头长）、胡须较长、头戴红毡帽、身穿红棉袄的体貌特征，一般和鹿、圣诞树组合较多，是圣诞节中首选的装饰之物。

原料：实心南瓜
类型：零雕整装
刀具：直刀、V形木刻刀
刀法：切、削、划、刻、戳等
步骤：（如图）

1.用直刀在南瓜上勾画出童子大形。

2.去掉多余废料，修出童子初坯。

3.细工雕出嬉笑的面部造型。

4.确定手、脚的位置。

5.用V形木刻刀戳出衣纹，用直刀划刻出服装表面图案。

6.将脚和手指刻出，加刻小狗、肉棒组合即可。

活学活用

　　雕刻童子要突出表现活泼、顽皮、可爱的特性，食雕童子造型组合主要有连年有余（童子与鲤鱼、莲花组合）、童子拜观音（童子与观音组合）、哪咤闹海（哪咤与龙组合）、麒麟送子（童子与麒麟组合）、善财童子等。

第四节　仙女、仕女的雕刻

　　食雕仙女、仕女造型主要以那些美貌绝伦、才智双全、刚正不阿、坚贞勇敢的仙女、美女为雕刻创作对象，如我国古代传说中四大美女（西施、王昭君、貂蝉、杨玉环）、《红楼梦》中的十二金钗、戏曲中的梨园仙子、敦煌飞天中的飞天仙女、嫦娥奔月中的嫦娥、天女散花的天女、麻姑献寿的麻姑、智勇双全的穆桂英、替父从军的花木兰、才华横溢的李清照等，其中尤以四大美女、嫦娥、天女、麻姑等造型应用最为广泛。

原料：实心南瓜
类型：零雕整装
刀具：分刀、直刀、V形木刻刀
刀法：切、削、划、刻、戳等
步骤：（如图）

1.用分刀切取长形实心南瓜备用。

2.用直刀削出头部大形。

3.细工雕刻出头发和面部表情。

4.修整出四肢和身体大形。

5.雕刻出上衣、宽袖和腰裙。

6.雕刻出土裙和手指。

7a.另取原料刻出牡丹花和风带。

7b.背面图示

活学活用

　　1.牡丹仙子一般指杨贵妃。

　　2.食雕仙女、仕女形体姿态主要以站、坐、行、游、骑马、奏乐、飞天等为主，要通过对体姿的塑造来刻画其面部表情，做到形神兼备。

　　3.雕刻仕女造型应注意体型美、风韵美、服饰美，体型美是指其身高比例较正常人略高，为八个头高，并尽量表现出女性所独有的生理曲线，刻划出端庄秀丽的形体；风韵美是指通过对人体姿态的雕琢来表达仕女婀娜多姿的美感；服饰美是指通过对服装及衣纹的雕琢来表现仕女服饰的富贵华丽。

人物造型制作图解

仙女

牡丹仙子

第五节　文人学士的雕刻

食雕文人学士造型主要以那些博学多才、德高望重、卓有成就和具备一技之长的文学、艺术名人和学术创作人物为雕刻创作对象，如儒家思想创立者圣人孔子、道家思想创立者老子、指南针发明者沈括、造纸术发明者蔡伦、活字印刷术发明者毕升、火药发明孙思邈、地震仪发明者张衡、精算圆周率的祖冲之、工匠祖师爷鲁班、善于相马识才的伯乐、诗仙李白、酒圣杜康等，其中以孔子、李白、鲁班等人物造型最为常用。

万世师表

原料：实心南瓜
类型：零雕整装
刀具：分刀、直刀、V形木刻刀
刀法：切、划、刻、戳等
步骤：（如图）

1.用分刀切取实心南瓜备用。

2.用直刀削切出头部大形。

3.细工雕刻出五官造型。

4.削切出肢体及服饰结构，用V形木刻刀细戳出衣服纹理，另刻书简若干进行组合。

活学活用

孔子名丘，字仲尼，春秋时期鲁国（今山东曲阜）人，是我国著名的思想家、教育家、儒家学术思想的创使人。其学术思想对我国传统文化影响十分巨大，被尊称为"孔圣人"。

第三章 人物造型作品精选

◆ 荷仙姑

◆ 铁拐李

八仙

蓝采和

◆ 汉钟离

八仙

◆ 张果老

◆ 吕洞宾

◆ 韩湘子

八仙

◆ 曹国舅

◆ 弥勒送宝

◆ 金玉满堂

◆ 哈哈罗汉

◆　降龙罗汉

◆ 点石成金

◆ 乐逍遥

济公

◆ 它笑我

◆ 瑶池赴宴

◆ 福寿双全

寿 星 老 人

寿星老人

◆ 渔翁得利

◆ 愚公移山

福禄神仙

◆ 福禄如意

◆ 纳福迎祥

福禄神仙

◆ 刘海戏金蟾

◆ 土地老人

福禄神仙

◆ 和合二仙

福禄神仙

◆ 广目天王

福禄神仙

◆ 独占鳌头

文人武将

◆ 老子

◆ 关羽

文人武将

◆ 李逵

◆　生财有道

◆　五福和合

◆ 五子夺莲

童子

◆ 连年有余

童

子

◆ 娃娃亲

◆ 丰收年景

◆ 顽童戏蝠

童子

◆ 福善吉庆

童子

◆ 乘风破浪

◆ 哪吒闹海

仙女仕女

◆ 麻姑献寿

仙女仕女

◆ 美人鱼

◆ 十面埋伏

仙女仕女

◆ 黛玉春游

◆ 童子拜观音

仙女仕女

◆ 吹萧引凤

◆ 嫦娥奔月

仙女仕女

◆ 梅妃踏雪

◆ 花中仙子

◆ 嫦娥奔月

仙女仕女

◆ 龙女西游

◆ 天女散花

仙女仕女

◆ 月宫美景

仙女仕女

◆ 天宫仙女

仙女仕女

◆ 瑶池献寿

◆ 贵妃醉酒